Plus forte que le silence

Intérieur
Conception graphique : Philippe Larminie
Mise en page : Emmanuelle Pasquier

Couverture
Conception graphique : Alain Verstichel
Illustration : La cité d'urgence Greuze d'Emmaüs, aquarelle, DR

ISBN : 979-10-91178-96-9

63, rue Beaumarchais, 93100 Montreuil
editions@atd-quartmonde.org
www.editionsquartmonde.org

Lucienne Soulier

Plus forte que le silence

ÉDITIONS
QUART MONDE

À mes trois filles qui ont été et sont toujours ma raison de vivre…

Introduction

Pourquoi écrire ? Pour m'exprimer en tant que personne, une personne comme une autre, qui ne porte pas l'étiquette « à problèmes ». Pour partager mon expérience, avec celles et ceux qui se taisent par crainte de représailles. Pour dénoncer les dysfonctionnements des institutions. Pour clamer haut et fort que les pauvres ne sont pas inférieurs. C'est important de le faire. Et si de tristes images sont gravées dans ma tête, je ne souhaite pas effacer mon passé. Je veux rester moi-même, bien que je ne vive plus comme avant.

En quoi serais-je inférieure à ceux qui ont eu la chance de connaître une vie meilleure ? S'il y a des personnes qui possèdent un savoir, une connaissance spécifique de la pauvreté, ce sont bien celles qui la vivent au jour le jour, qui combattent sans fin pour rester fièrement debout. Quelle est cette infériorité ? Qu'est-ce qui la prouve ? Je pense que ceux qui ne souhaitent pas nous accepter dans leurs rangs utilisent cette idée pour nous empêcher de gravir les marches de la réussite.

Ce que j'écris n'est ni une fiction ni un roman. C'est une histoire vraie, un parcours de vie difficile. Même si mon écriture, mes phrases peuvent être maladroites, je veux écrire ma propre histoire, avec mes propres mots. Si j'ai pris cette décision, ce n'est pas pour rechercher l'attention des médias ou des institutions, mais pour que la société sache ce que vivent les laissés-pour-compte. Pour dire aussi : « Plus jamais une telle expérience. » Vivre la pauvreté de génération en génération n'est pas une raison pour vivre exclue. Je veux laisser à mes enfants et petits-enfants une trace de ma vie de femme combattante. Et j'irai jusqu'au bout, ces pages ne dormiront pas dans un tiroir !

Une autre raison me pousse à écrire ce témoignage : j'en ai assez des gens qui parlent avec autorité parce qu'ils sont reconnus pour leur qualification professionnelle, politique ou leur réussite sociale. Militer pour refuser la misère comme je le fais, au sein d'un mouvement, n'est-ce pas un combat primordial ? Ce combat doit être reconnu à sa juste valeur.

1

Naître dans la misère

Je suis née à l'automne 1952, moins de dix ans après la fin de la Seconde Guerre mondiale. J'ai passé mon enfance dans une cité construite par les chiffonniers d'Emmaüs. La vie dans un logement sans confort est une vie bien triste ; des murs de béton gris, aucune couleur pour les égayer, dedans comme dehors. La seule façon de voir la lumière était de passer la journée à l'extérieur quand il faisait beau… La nuit, il m'arrivait de compter les étoiles, de me coucher dans l'herbe et de ne rentrer que lorsque mes yeux commençaient à se fermer. Mais c'était dur de s'endormir, à cause des punaises de lit. Pour leur échapper, l'hiver, je passais souvent une partie de la nuit sur les marches de l'escalier qui menait aux chambres.

J'étais la cadette de sept enfants. Maman m'a raconté que lorsque j'étais bébé, elle seule s'occupait de moi, mon corps menu semblait si fragile que personne ne voulait me prendre de peur de me casser. Elle me disait que même mon père n'osait pas me tenir dans ses bras. Plus tard, quand j'ai eu huit ans, il est devenu violent, surtout lorsqu'il était sous l'emprise de l'alcool. Ma sœur aînée et moi nous réfugions alors dans notre chambre, ou bien nous sortions et ne rentrions que lorsqu'il était plus calme. À partir de mes dix ans, j'ai dû m'occuper de mes frères et sœurs plus jeunes. Ce rôle de deuxième maman, trop jeune, trop lourd, je l'ai gardé dans ma mémoire.

La vie avec mon père était très dure. En plus de sa violence, il me chargeait de tâches particulièrement pénibles pour moi. Ainsi, quand il était trop alcoolisé, il était incapable de ramener lui-même sa mobylette et je devais aller la chercher, avec ma sœur aînée ou avec ma maman, sur le trottoir du café, à dix minutes de la maison. J'ai guéri de toute cette souffrance, mais je n'oublierai jamais certaines scènes, comme cette nuit, quelques années plus tard, où papa dormait à poings fermés près de maman malade, sans se préoccuper d'elle. Moi, je n'ai jamais réussi à passer des nuits comme mon père, je dormais très mal à cause des punaises dans les draps. Cette nuit-là, j'ai veillé maman toute la nuit, toute seule, alors que le lendemain matin je devais assurer, comme mon père, mon travail dans une école (nous étions alors tous deux employés dans le même établissement). Il ne fallait jamais être malade, car il était impossible d'aller chez le médecin à cause du prix de la consultation.

Aujourd'hui, si la blessure s'en est allée, les cicatrices, elles, sont restées. Le plus fort, c'est que j'ai pardonné. Le pardon peut parfois aider, mais il ne signifie pas qu'on accepte que la violence perdure.

2

Écolière dans l'indifférence

Ma scolarité a été très difficile, et mes parents n'ont pas eu assez de force et de moyens pour y remédier. En effet, quand je suis entrée au cours préparatoire, je me suis trouvée face à une nouvelle difficulté : je n'entendais pas assez bien la maîtresse. Mais elle ne s'en est pas aperçue. C'est seulement en classe élémentaire que l'on s'est rendu compte que j'entendais très mal. Moi, je ne disais rien, je ne pouvais pas me plaindre, sinon on se moquait encore plus de moi. Déjà les autres enfants m'appelaient la chaussure, la godasse, la savate, à cause de mon nom de famille. Toutes ces moqueries m'ont marquée. Durant de longues années, j'ai connu le désespoir, je ne croyais pas qu'une vie plus heureuse puisse arriver. Je pleurais tous les jours. Aujourd'hui je ne pleure plus, sauf lorsqu'un souvenir de cette époque me revient.

Pour résoudre mon problème d'audition, l'Aide sociale à l'enfance m'a fait entrer à neuf ans dans une école spécialisée de Dijon, le Clos Chauveau, et j'ai été orientée en cours préparatoire deuxième année. L'école accueillait des élèves en situation de handicap, troubles auditifs, visuels ou moteurs.

Les deux premières années, j'étais externe. Je prenais un car le matin, à un bon quart d'heure à pied de chez moi. Maman m'a d'abord accompagnée, puis j'y suis allée seule. L'hiver, je devais partir plus tôt, j'étais moins rapide qu'aux beaux jours. Bien souvent, le car arrivait en retard, je prenais froid, je n'étais pas habillée assez chaudement.

À onze ans, je suis tombée malade et j'ai été hospitalisée un long mois. Je souffrais de rhumatismes articulaires aigus. J'étais presque paralysée, mes jambes et mes genoux n'avaient plus la force de me porter. Les médecins m'ont prescrit des ponctions aux genoux, très douloureuses, et comme traitement des anti-inflammatoires. J'ai pu marcher de nouveau, mais je devais faire attention à ne pas prendre froid, et c'était difficile, je n'avais pas de bons vêtements, je n'étais pas bien nourrie… Cette expérience douloureuse m'a appris à faire attention en hiver. Encore aujourd'hui, ce n'est pas si facile, car je reste pauvre et avoir des vêtements chauds, ce n'est pas gagné d'avance !

En 1962, je suis devenue interne au Clos Chauveau. La vie d'interne n'était pas trop dure. Ce qui était difficile, c'était de ne voir maman qu'une fois par mois. Elle me manquait, je savais que papa était violent avec elle et cela me rendait triste. Pour me permettre de suivre au mieux la classe, l'établissement m'a prêté des appareils auditifs : c'était une grande chance, je pouvais suivre les cours, et cela m'a enfin permis de m'intéresser à ce que j'apprenais !

Hélas, cela n'a duré que deux années ! Je suivais des séances de rééducation de la parole pour apprendre à moins parler du nez avec un orthophoniste qui tenta des attouchements sur ma personne. Comme je repoussais ses gestes malsains afin de ne pas être sa proie, l'orthophoniste n'a plus voulu me recevoir, les séances ont donc cessé… Il a fait en sorte que je ne puisse pas continuer à être appareillée et à apprendre à mieux parler. Son délit n'a pas été sanctionné. Si j'avais accepté ses attouchements, peut-être aurais-je eu droit à une aide auditive pour la suite de mes études. Je n'en ai jamais parlé jusqu'à ce jour, j'ai appris très jeune que la justice penche trop souvent du côté du plus fort, et surtout je ne voulais pas qu'on me considère comme inadaptée à la société. J'ai été suffisamment bafouée pendant mon adolescence.

Aussi, à la fin de ma scolarité dans cet internat, je dus rendre au professeur les appareils auditifs. Je m'en souviens comme si c'était hier, car, depuis ce jour-là, je n'ai cessé de me poser la question : pourquoi n'ai-je pas le droit d'entendre ? Au fil des années, je me suis convaincue que ma destinée était de demeurer dans la solitude, je ne devais pas me plaindre, il devait être normal de vivre ainsi. Mais cette expérience m'a laissé pour toujours le sentiment d'une violation de ma dignité, et d'un double empêchement, d'un double silence : le silence de ne pas entendre, le silence de taire un acte inacceptable.

J'ai quitté le Clos Chauveau à quinze ans pour être scolarisée dans un établissement privé, une école ménagère tenue par des religieuses. Sans me demander mon avis ni ce qui m'intéressait, les services sociaux m'y avaient inscrite ! Sans être appareillée, trois années de galère m'attendaient. Les humiliations que j'ai subies durant ces années sont encore dans ma mémoire. Je pleurais chaque jour ! Je n'étais pas acceptée au réfectoire durant le déjeuner, les élèves se moquaient de ma mauvaise haleine, refusaient de manger avec moi. Alors je sortais et j'allais pleurer au fond de la cour. La nuit, les élèves de l'internat me jetaient de l'eau lorsque j'étais couchée, afin de me faire sortir du dortoir car elles disaient que je ronflais. Elles régnaient sur ma faiblesse. Je partais dormir sur les marches de l'escalier du dortoir, ou dans le coin d'un cabinet de toilette. Depuis cette époque, je ne sais pas dormir longtemps dans un lit… Résultat de cette scolarité gâchée, j'ai quitté l'établissement sans aucun diplôme, avec juste en poche une expérience très difficile de vie en internat.

3

Un premier travail

Je suis alors retournée chez mes parents, j'avais dix-sept ans, j'étais encore mineure puisqu'à cette époque, la majorité était à vingt et un ans. Sans diplôme, sans projet, je pouvais juste chercher du travail. La vie familiale, ce n'était pas mieux que le séjour à l'école ménagère, je dormais mal, la violence était omniprésente. C'est comme cela que la petite fille fragile que j'étais est devenue résistante à toutes les épreuves de la vie.

J'ai trouvé un premier emploi un peu avant mes dix-huit ans, dans une usine fabriquant des savonnettes, pas très loin de chez mes parents. Je n'y suis restée qu'une semaine, car j'avais du mal à m'adapter aux changements de poste de travail : je passais de l'un à l'autre, de la chaîne au laboratoire où il fallait nettoyer des ustensiles. Je n'entendais pas les consignes, il fallait être minutieuse et habile, je n'ai pas pu continuer. Je n'osais pas parler de mes mauvaises oreilles.

À la rentrée des classes, mon père, qui travaillait comme agent de service d'entretien des espaces verts dans un grand lycée dijonnais, le lycée Montchapet, m'a appris que l'établissement cherchait un plongeur. Je suis allée rencontrer l'intendant qui m'a conduite dans la cuisine où je devais faire la plonge. Il ne se doutait sans doute pas que je devrais laver aussi les grandes casseroles ! Elles étaient si grandes que je disparaissais presque à l'intérieur pour en laver le fond… Heureusement, au bout d'une semaine, quand il est passé me voir pendant mon travail, il a compris que ma place n'était pas au fond des casseroles ! J'ai continué à travailler, mais cette fois-ci j'étais chargée de l'entretien des classes, un poste moins pénible, certes, mais qui demandait tout de même de l'énergie.

Je suis tombée malade, j'étais affaiblie, je mangeais peu et je passais mes nuits dans l'escalier qui montait à ma chambre à cause de mon lit infesté de punaises. À la suite d'une opération de l'appendicite, j'ai perdu encore du poids, je ne pesais plus que trente-huit kilos ! J'ai dû passer trois mois en maison de repos. Le contact que j'avais avec les collègues de travail n'était pas facile, car souvent, comme je n'entendais pas, je ne répondais pas lorsque l'on m'adressait la parole, et je ne voulais pas parler de mon problème. Je n'ai pas pu continuer à travailler dans ce lycée. À cette époque, je m'étais faite à l'idée de ne pas entendre, alors je vivais ainsi. Au fil du temps et des années, ma vie a suivi son cours sans que je ne me préoccupe plus de mes mauvaises oreilles.

4

Premier coup de foudre, mariage malheureux

J'avais dix-sept ans lorsque j'ai rencontré un homme qui avait dix ans de plus que moi. Je suis tombée tout de suite amoureuse, sans prendre conscience de ce que cela impliquait pour l'avenir. J'étais très jeune, je souhaitais quitter le domicile familial, la vie était trop difficile auprès d'un père qui buvait. Ma mère aussi s'était mise à boire après la mort de son dernier enfant, à neuf mois. Je l'avais peu connu car j'étais pensionnaire à l'époque et ne rentrais qu'un week-end par mois. Ce qui me chagrinait surtout, c'était l'idée de laisser maman et la fratrie face à ce père violent lorsqu'il avait trop bu.

À dix-neuf ans, je suis partie vivre avec l'homme que j'aimais, à plusieurs kilomètres de chez mes parents. Mon amoureux travaillait comme commis de cuisine dans un café qui faisait aussi brasserie. Son employeur a accepté de me prendre pour aider à la plonge, ce qui me permettait de ne pas rentrer chez moi. Je restais dormir à la brasserie où l'employeur nous laissait une chambre.

Au bout de quelque temps, nous avons eu la visite d'une personne des services sociaux. Comme je n'étais pas encore majeure, elle voulait que je retourne chez mes parents. J'ai refusé sous prétexte que je ne pouvais pas faire les trajets tous les jours d'aussi loin, je lui ai expliqué que j'avais une chambre là où je travaillais. Mon patron l'a confirmé, précisant que nous ne dormions pas dans la même chambre, mon ami et moi. Rassurée, elle est repartie, me laissant à mon emploi...

Il est très difficile d'évoquer toutes les souffrances que j'ai endurées à cette époque. Je dois pourtant témoigner de mon expérience de vie de femme trahie et battue. À dix-neuf ans, le 27 novembre 1971 – mes parents m'en avaient donné l'autorisation –, j'ai épousé mon premier amour. Mais ce mariage fut vite fragilisé quand j'ai découvert qu'il me trahissait. Il a en effet osé me tromper, sous mes yeux et je suis restée sans rien dire.

Cette souffrance s'est ajoutée à celles que j'avais vécues durant mes années d'adolescence. Mais je voulais garder mon honneur de femme mariée et je ne me suis pas plainte jusqu'à la naissance de mon premier enfant, une petite fille. Un événement reste gravé dans ma mémoire : après une naissance, la meilleure visite qu'une maman peut recevoir n'est-elle pas celle du père de l'enfant ? À la place, j'ai eu la visite de deux inspecteurs de police qui sont venus m'annoncer une mauvaise nouvelle : l'arrestation de mon mari ! J'ai fondu en larmes, je me suis sentie perdue, le moral au plus bas, sans aucun soutien de quiconque…

Mes parents, en colère, n'ont pas eu d'autre choix que de me garder près d'eux. Mon bébé, une petite fille née trop tôt, à moins de deux kilos, est restée dans le service des prématurés pendant un mois et demi, puis en pouponnière lorsqu'elle a atteint un poids viable, c'est-à-dire 2,5 kilos. J'allais chaque semaine faire tirer mon lait, elle s'en nourrissait mais ne grossissait pas vite. Mon mari en prison, je me posais mille questions : devais-je reprendre la vie commune ou me séparer de lui ? Mon père ne souhaitait plus le recevoir. La vie était si compliquée et difficile !

Quand mon mari est sorti de prison, au bout de six mois, je suis allée l'attendre devant la maison d'arrêt, sans trop savoir pourquoi. Il était le père de ma fille, je devais lui parler, je devais l'accompagner chez mes parents pour qu'il puisse voir son enfant – j'avais insisté auprès d'eux pour qu'ils l'acceptent. J'ai fait le choix de reprendre notre vie de couple. Ensemble, nous avons cherché un logement pour pouvoir accueillir le bébé dans de bonnes conditions. Mon mari a trouvé un travail, comme c'était convenu dans son contrat d'insertion à la fin de sa peine.

Mais la vie quotidienne, au fil des jours, est devenue très pénible. Notre couple s'est fracturé, mon mari m'a de nouveau trompée. Il n'était pas assez fort pour construire une famille unie. Moi qui cherchais une vie meilleure, j'avais le sentiment que c'était raté. Après tant de souffrances, j'étais encore trahie. Je me suis retrouvée seule avec ma fille, et lui de nouveau emprisonné. Je suis partie dans une ville où je ne connaissais personne, pour éviter les regards des voisins.

En 1976, on avait la chance de pouvoir trouver facilement un emploi. À cette époque, travailler en usine sans le moindre bagage, sans diplôme, ce n'était pas aussi difficile que de nos jours. Mais ce qui était dur, c'était de trouver une nourrice agréée pour la journée, dans une ville inconnue. Nous dormions dans un hôtel et j'étais consciente que nous ne pourrions pas y rester bien longtemps. En me renseignant ici et là, j'ai réussi à trouver une nounou. J'ai pu travailler comme intérimaire et, à la fin de ma semaine de travail, j'avais un peu d'argent pour payer l'hôtel. Ce n'était pas aussi simple pour les repas, mais au moins nous ne dormions pas dehors, ma fille et moi.

La nourrice m'a alors proposé de garder ma fille jour et nuit. J'ai accepté sans bien réfléchir, car cette solution me permettait d'être hébergée dans un foyer de jeunes travailleurs. J'ai rencontré un éducateur du service social chez la nourrice. Il m'était difficile d'entendre correctement la conversation, et je ne cherchais pas à faire répéter. C'était un obstacle pour m'exprimer, je ne me sentais pas respectée. Aujourd'hui je me rends compte que j'aurais pu alors faire valoir mon droit à être appareillée. Mais les services sociaux étaient indifférents, ils ne considéraient que l'intérêt de l'enfant ; que je n'entende pas, ce n'était pas leur problème.

5

Séparée de mon enfant

Un jour, la nourrice m'a dit que je pouvais obtenir une aide pour la payer. Elle m'a donné l'adresse d'une personne du centre social susceptible de m'aider. J'y suis allée, mais c'était un piège. On se fait vite avoir lorsqu'on est paumée et faible, c'est ce que m'a dit ma fille il n'y a pas très longtemps. Elle a raison. Après une rencontre chez la nourrice avec l'éducateur du service de la protection de l'enfance, ce dernier m'a fait écrire une lettre pour demander une aide financière. Je n'imaginais pas que je mettais le doigt dans un engrenage de placement d'enfant dont je ne pourrais plus sortir. Car cette lettre, je l'ignorais alors, était adressée à un juge. En fait, la nounou voulait obtenir un agrément comme famille d'accueil – alors qu'elle-même, m'a-t-elle avoué un jour, avait eu ses propres enfants placés, cela semble impensable ! Et elle souhaitait avoir une fille, puisqu'elle avait déjà deux garçons. Le pire est qu'elle a même cherché à adopter ma fille, mais heureusement c'était impossible, jamais je n'avais signé quoi que ce soit pour l'abandonner. Le mari de la nourrice était expert-comptable dans une grande maison de vin, ce qui a sans doute facilité son agrément. J'ai été piégée, j'étais si perdue ! Je sais qu'aujourd'hui des enfants sont placés abusivement, cela me révolte. Je suis consciente que bien des enfants sont dans des situations difficiles, mais les arracher à leur famille n'est pas la meilleure solution, surtout lorsque cela se fait par abus de pouvoir.

Ma fille est restée placée dans cette famille jusqu'à sa majorité. Cette famille s'est toujours employée à m'éloigner de mon enfant. Elle la traitait comme une princesse, sa chambre était un vrai musée, et pas question d'aller toucher à ses jouets ! Deux autres enfants étaient aussi placés chez ces gens, mais contrairement à ma fille, ils étaient à leur service, y compris à celui de ma fille ! Cela lui a nui, elle n'a pas appris à se débrouiller seule et elle a été dépendante de l'alcool ; elle doit aujourd'hui suivre un traitement pour ne pas boire de nouveau. Ses deux sœurs plus jeunes, élevées par mes propres soins, n'ont pas reçu la même éducation.

La société, ainsi que les conseils généraux qui emploient ce type de famille d'accueil, ne devrait pas faire de compliments à ceux qui agissent de la sorte. Bien que les relations entre ma fille aînée et moi se soient améliorées aujourd'hui, ce qu'on m'a pris ne peut être remplacé…

Je me souviens des rencontres avec le juge pour enfants, tout particulièrement de celles où je n'osais dire un mot et où le juge et l'éducateur parlaient à voix basse. Pourtant ni l'un ni l'autre n'ignoraient mon handicap ! Ils agissaient ainsi pour m'humilier davantage. Je ne me sentais même plus une femme, encore moins une maman. J'ai beaucoup souffert de voir ainsi mon handicap nié et ma situation sociale méprisée. J'aimerais dire à tous ceux qui vivent une histoire semblable qu'il faut combattre toutes ces injustices que la société permet. Toute personne doit être respectée, je ne connais pas de sous-hommes, seulement des êtres humains en difficulté.

Après toutes ces années, j'ai compris qu'il était grave que les institutions qui ont la lourde tâche d'assumer le bien-être des enfants placés fonctionnent si mal. Leur dysfonctionnement est inacceptable quand il a pour conséquence le non-respect des droits des familles.

J'ai connu mes premières nuits d'errance avec mon mari lorsqu'il est sorti de la maison d'arrêt pour une énième fois. Mon père ne lui a pas ouvert la porte : il ne voulait plus l'accueillir. Alors nous sommes partis pour la capitale. Jamais je n'oublierai ce que j'y ai vécu.

Alors que j'étais admise dans un centre d'hébergement du 10e arrondissement, j'ai eu encore une fois le malheur d'apprendre que mon mari venait d'être incarcéré. J'ai eu le cœur si brisé que j'ai pris une grande décision : demander le divorce. C'était la galère, j'avais trouvé un travail mais je me sentais très loin de ma fille, toujours placée.

Le centre d'hébergement, près du quai de Valmy, ouvrait de 20 heures à 9 heures du matin. Ce lieu incertain où régnaient la violence et le désarroi était invivable ; le dortoir des femmes, sans aucune hygiène, sentait mauvais. Je travaillais dans une cafétéria, au Centre Pompidou, et rentrais tard le soir. Afin de ne pas réveiller les autres dames du dortoir, je n'allumais pas la lumière pour me déshabiller et si j'avais le malheur de déposer mes vêtements au pied de mon lit, le lendemain matin je pouvais être sûre qu'ils avaient disparu. Il n'était pas question de riposter.

6

Nouvelle rencontre, nouvelle naissance

Cette vie était dure, je me sentais très seule : mon mari emprisonné, mon enfant loin de moi, j'avais bien du mal à l'accepter. C'est alors que j'ai rencontré un homme qui m'a sauvée de mon mal-être, de ma tentation de me jeter dans le canal tout proche. Nous avons commencé à parler, de tout et de rien. Je sortais tard le soir de la cafétéria, il venait m'attendre à la sortie et nous rentrions ensemble au centre, où lui aussi était hébergé. J'avais également la chance d'avoir un patron qui me comprenait : le jour où j'ai attrapé des poux, ce qui était un calvaire, il ne m'a pas licenciée, au contraire il m'a donné une avance sur mon salaire pour aller à la pharmacie et j'ai pu traiter ma tête dans la douche réservée au personnel. Qui connaît ce genre d'employeur ? Mon ami sauveur était gentil et me donnait un peu d'espoir. Mais cet espoir n'a pas duré, hélas, bien longtemps. À croire que je ne présentais aucun intérêt pour les hommes, à part celui de les satisfaire au lit.

Je souhaitais me rapprocher de ma fille, je voulais retourner en Bourgogne. Mon ami a trouvé un travail chez un vigneron. J'étais enceinte de lui, j'ai travaillé en région parisienne jusqu'à mon congé maternité. Puis nous sommes partis pour la Bourgogne, nous avons eu un logement que son employeur a mis à notre disposition.

Ma deuxième fille, Michèle, est née en 1979, et de nouveau une grande solitude s'est emparée de moi. Mon compagnon et moi n'avions pas une relation vraie, il s'était aperçu de mon handicap et n'en a jamais tenu compte, j'aurais été une charge un peu lourde pour lui. Il me cachait beaucoup de choses ; impossible de savoir qui il était et qui étaient ses parents, il ne m'en parlait jamais. Je sentais qu'il n'était pas franc avec moi et je finissais toujours par découvrir une réalité inimaginable. Il ne travaillait que rarement, cela je ne l'ai appris que bien plus tard. Nous n'avons pu garder le logement, car deux jours après la naissance de notre enfant, mon ami a été hospitalisé pour un problème de santé, sans que j'en sache plus.

Je suis rentrée chez mes parents, seule, avec mon bébé dans les bras. Pendant ce temps, le divorce d'avec mon mari, père de mon premier enfant, avait été prononcé. Au fil du temps, mon compagnon et moi avons obtenu un autre logement. La vie de famille commençait durement : un jour, alors que je le croyais au travail, son chef du personnel est venu à la maison le chercher, car il n'y était pas allé. Si, lorsqu'il rentrait, je voulais savoir ce qu'il faisait de ses journées, il devenait méchant. Plusieurs fois, j'ai tenté de me séparer de lui, mais chaque fois je me faisais prendre au piège de ses belles paroles. Il disait qu'il travaillerait sérieusement, mais au contraire il devenait plus violent. Et chaque fois il me racontait des histoires.

Quinze mois plus tard, en 1980, un troisième enfant est arrivé, ma troisième fille. Je ne travaillais pas, je n'avais pas les moyens de voir un médecin pour une prescription de contraception, j'étais chaque fois prise au piège. La vie familiale était dure. Michèle avait du mal à parler et son père, au lieu de l'aider, la brutalisait. Je prenais sa défense, et en retour son père me frappait, me tirait les cheveux. Pourtant il n'était pas sous l'emprise de l'alcool, je ne comprenais pas sa réaction. Michèle n'a commencé à parler qu'à l'âge de quatre ans et ne disait qu'une partie des mots. Je devinais l'autre partie, je la comprenais. Il fallait l'aider sérieusement, mais son père ne facilitait pas la tâche. Plus je prenais la défense de l'enfant, plus il me frappait. J'ai conduit ma fille à des séances d'orthophonie entre ses trois et treize ans. Elle n'est entrée en cours préparatoire qu'à huit ans.

J'étais trop bête d'accepter chaque fois de pardonner à mon compagnon. Je me posais des tas de questions : sortait-il de l'hôpital comme il me le disait, ou bien sortait-il de prison ? J'étais très naïve, cela m'a servi de leçon par la suite. J'avais juste appris qu'il était du Nord de la France lorsque nous avions constitué notre livret de famille, à la déclaration de notre premier enfant.

7

Choisir une autre vie

Un beau jour, j'ai décidé d'arrêter. Arrêter cette vie d'errance et de violence pour me consacrer à mes enfants, pour leur permettre d'être en sécurité. Ce jour-là, j'ai cru que j'allais mourir ! Mon compagnon était allé se coucher bien avant moi et, chose curieuse, il semblait m'attendre, une attitude inhabituelle. Après m'être préparée pour la nuit, lorsque je l'ai rejoint, j'ai vu un couteau de cuisine dans le lit juste à la place où je dormais, et la vue de ce couteau m'a donné un grand frisson, une vraie peur bleue. J'y ai vu ma propre mort ! En silence, je suis allée auprès de mes enfants qui dormaient dans leur chambre, pour les protéger. Voulait-il seulement me faire peur ou avait-il vraiment décidé de s'en servir ? Sans perdre mon sang-froid, j'ai passé la nuit assise par terre derrière la porte des enfants. Et lui n'a pas bougé. Cette nuit-là, j'ai craint le pire ! Le lendemain matin, je suis allée voir l'assistante sociale afin qu'elle me mette d'urgence à l'abri, dans un centre d'hébergement pour femmes en difficulté. Deux jours plus tard, j'y étais conduite avec mes enfants, en n'emportant que quelques vêtements et mes papiers les plus importants. J'avais trentc-deux ans à l'époque. J'ai réussi à dépasser la peur et j'ai cherché un emploi dans cette nouvelle ville, Chalon-sur-Saône.

L'équipe qui travaillait dans ce centre nous a accueillies à bras ouverts. J'ai découvert ce qu'était l'humanité : responsable du foyer, éducateurs, travailleurs sociaux, me parlaient en face, attentifs à ce que j'entende la conversation. Ils n'hésitaient pas à me faire répéter ce qu'ils avaient dit. Cela m'aidait bien lorsqu'ils articulaient avec leurs lèvres. Jamais je n'avais connu cette expérience. Découvrir à trente-deux ans qu'il existe des personnes très humaines fait chaud au cœur, c'était un bon remède pour m'en sortir. Un appartement T3 fut mis à ma disposition : il appartenait à une association d'aide aux femmes en difficulté.

La première chose qu'a remarquée le personnel du centre, ce fut mon handicap auditif. Je leur ai raconté mon histoire et surtout ce que j'avais vécu durant mon parcours scolaire. Il est possible d'être appareillée, m'a-t-on dit alors. J'avais du mal à le croire. J'ai écouté les conseils des professionnels, et surtout j'ai appris à faire confiance. J'en ai fait des kilomètres à pied, les transports en commun coûtaient trop cher ! J'ai fait valoir mes droits à l'allocation de parent isolé. Vivre avec mes enfants près de moi était très important, j'ai parlé de ma fille qui était placée et qu'il m'était difficile de récupérer.

Un souhait m'est venu, passer le Certificat d'études primaires (CEP), car j'avais le sentiment de n'être rien du tout ! Mes enfants allaient entrer à l'école primaire, j'avais peur de ne pas pouvoir les aider. On m'a prêté des livres scolaires pour me préparer à cet examen. Je me suis inscrite en candidat libre, en 1985, et j'ai obtenu mon premier diplôme ! J'en ai été très émue, le personnel du centre d'hébergement aussi… La vie s'améliorait tout doucement, mais je vivais toutefois dans la peur de représailles de la part de mon compagnon. Les mois ont passé, et les années, sans avoir de nouvelles de lui. La peur a fini par partir. Je vivais enfin sereine, ainsi que mes enfants. J'ai obtenu un logement, j'ai travaillé comme vendangeuse. Puis j'ai suivi une formation professionnelle pour adultes, spécifiquement pour les chefs de famille, avec stage en entreprise.

Si j'ai découvert le métier du bâtiment, ce n'est pas par hasard. Durant ma formation de « femme cheffe de famille » j'ai dû, lors de la période pratique, démolir un mur ! Je m'en souviens ! Casser des murs, cela mettait du sang dans les veines, il fallait de la force, mais je l'avais, j'avais le courage ; toutes les femmes ont de la force en elles. J'avais bien sûr mal aux bras après une journée pareille ! Après le CEP, je devais continuer de me former, c'était indispensable. J'étais appareillée, j'avais la possibilité d'apprendre, je ne voulais en aucun cas laisser passer cette chance. Je me suis renseignée sur le métier de peintre en bâtiment, s'il était accessible. J'ai passé un test théorique afin de voir si mon niveau me permettait d'accéder à la formation. Je l'ai réussi !

Je suis partie huit mois en formation de peintre en bâtiment. Je passais la semaine au Centre de formation pour adultes (CFA) tandis que mes enfants étaient chez une gardienne. Pendant toute cette période, j'ai craint qu'elles soient placées comme mon aînée. Cela n'a pas été le cas, j'ai donné à mes filles le nécessaire. Pouvoir communiquer avec mon entourage, ce dont j'avais été privée pendant de longues années, changeait ma vie et j'y reprenais goût. Ma formation était dure physiquement, mais je tenais le coup, il le fallait. Même l'échec à l'examen ne m'a pas trop attristée. J'étais consciente qu'une femme dans le bâtiment, à cette époque, c'était tabou.

À l'été 1987, j'ai été sollicitée par une association d'aide et de partage pour des travaux de réfection dans un collège privé. Durant l'été, j'ai transformé un grenier en appartement. Ce travail était assez dur, mais j'étais appréciée. Je me souviens des montées et descentes d'escaliers plusieurs fois dans la journée, pour éviter les mauvaises intentions d'un homme qui travaillait aussi dans l'établissement. C'était pénible à vivre. Mais mon travail me plaisait beaucoup, je prenais conscience que je n'étais pas plus mauvaise qu'un homme dans cette profession et je fuyais cette personne peu recommandable. Cela a fait ma fierté, d'avoir tenu le coup et surtout d'avoir fait de mon mieux. La directrice du collège avait remarqué mon courage et ma volonté de travailler sérieusement, elle m'a proposé de m'embaucher à mi-temps, pour l'année scolaire, en qualité d'employée de service à la cantine et à l'entretien des classes. J'ai accepté. J'habitais à une dizaine de kilomètres de l'établissement, l'été, je faisais le trajet en Solex ; un Solex que j'avais pu m'acheter, mais je me demandais si durant l'automne et l'hiver je pourrais faire la route avec le même moyen. J'ai tenu jusqu'à l'arrivée du grand froid et de la neige !

Comme ce collège où je travaillais était loin de mon domicile, j'ai dû m'en rapprocher. Ce n'était pas gagné d'avance : dans mon quartier vivaient des personnes en situation de précarité, voire de grande pauvreté, et là où je travaillais, c'était un village réputé pour ses vignobles et ses grands crus, avec une population pas trop à plaindre. J'étais consciente de cette différence. J'ai eu beaucoup de mal, non seulement à trouver un logement, mais aussi à faire accepter que je vienne y vivre. Un logement plutôt que d'arrêter de travailler, c'était mon combat. Je l'ai gagné.

Il me fallait aussi inscrire mes enfants à l'école près de ma nouvelle demeure. Les formalités n'étaient pas difficiles. Le plus terrible, c'étaient les propos de certaines personnes, comme « ici, on ne veut pas de cas sociaux »... À peine arrivée, j'étais étiquetée. Cela promettait pour l'avenir de mes enfants ! Je me souviens de leur inscription : j'ai rencontré le directeur de l'établissement, il m'a paru sincère, mais les mois et les années suivants m'ont fait changer d'avis. Il était aussi maire du village. Je comprenais mieux le comportement de certaines personnes.

Je n'ai jamais baissé les bras, mes enfants m'ont donné la force de résister. Je me suis fait des amis et des amies, je n'écoutais plus les mauvaises paroles. Mon parcours scolaire n'avait pas été une réussite, je tenais à ce que mes filles en aient un meilleur. Je suivais de près leur scolarité. Grâce à mon travail à mi-temps, j'étais plus disponible, plus proche, mais ce que je gagnais n'était pas suffisant pour nous permettre de vivre dignement. À bien des Noëls il m'a été difficile de leur offrir un petit quelque chose, mais nous étions réunies et c'était le plus important.

8

Un procès contre mon propre père

La vie s'améliorait. Un jour pourtant, mes deux plus jeunes filles, celles que j'élevais, m'ont demandé pourquoi leur sœur aînée ne voulait pas les voir. Je leur ai dit la vérité. Je leur ai expliqué que sa famille d'accueil ne souhaitait pas que ma fille revienne vivre avec moi. J'avais un droit de visite, mais cela se passait comme si nous étions des étrangères l'une pour l'autre. Un jour, elle a même décrété qu'elle ne voulait plus me voir. J'ai demandé la raison, et ce qu'elle m'a dit m'a profondément choquée : lorsque je l'avais emmenée chez mes parents, elle avait subi des attouchements de la part de mon père. Quand j'ai raconté à mes deux autres filles cette histoire, elles m'ont dit qu'elles avaient également été victimes d'attouchements de la part de leur grand-père. Elles m'ont expliqué les faits en détail. J'étais tellement en colère, il me fallait réagir devant de tels actes ! J'ai demandé conseil à une personne en qui j'avais confiance. Et je n'ai pas hésité à porter plainte contre mon propre père pour attouchements sur mineures. Il a été condamné à une peine avec sursis, avec obligation de soins. Selon mon père, ce qu'il avait fait était naturel, je ne pouvais l'accepter !

Comment mener une vie paisible avec des événements de la sorte ? J'ai mis du temps à me remettre de ce procès. Les relations ont été rompues avec mes parents, mes sœurs et frères, car ils ne croyaient pas à ce que mes enfants avaient raconté. J'étais très seule dans cette ville où je venais de m'installer, dans laquelle je ne connaissais que très peu de monde. La vie était bien triste et solitaire. Pour éviter de me souvenir, je devais me reconstruire. Mais comment ? En même temps, je devais lutter pour que d'autres ne connaissent pas de telles expériences. Adulte, on n'a pas le même raisonnement qu'un enfant victime d'inceste. Les années passèrent ainsi, tant bien que mal, je m'efforçais de vivre comme si rien n'était arrivé, mais je ne vivais pas sereinement.

Quelques années plus tard, j'ai porté plainte une seconde fois contre un membre de ma famille pour violence physique : il avait bu, je n'étais pas d'accord avec lui, et il a réussi à m'envoyer une semaine à l'hôpital ! J'ai eu peur de reprendre mon travail, car il menaçait de recommencer, la peur a gagné sur le courage, si bien que j'ai démissionné de mon Contrat emploi-solidarité (CES). Ce serait à refaire, le courage l'emporterait sur la peur ! La peur affaiblit la dignité.

9

Retourner à l'école

Ma santé s'est dégradée : après avoir fait les vendanges, pendant dix jours, sous la pluie, j'avais eu des douleurs au dos qui n'avaient jamais disparu. Il est vrai que je souffrais en silence depuis mon plus jeune âge, sans doute à cause de toutes ces nuits passées sur des marches d'escalier, à la maison, à l'internat ou encore assise par terre dans le cabinet de toilette, et tous les travaux assez durs que j'ai dû faire n'ont pas arrangé mon dos. La douleur s'est aggravée, elle est devenue constante. Mon travail d'entretien des classes et de service à la cantine était compromis, j'ai fini par démissionner. J'ai décidé de suivre des cours de remise à niveau pour passer le brevet des collèges, que j'ai obtenu tant bien que mal en 1996. Ce diplôme pouvait me permettre de suivre une formation professionnelle. Mais mes douleurs au dos y faisaient obstacle.

En 2002, j'ai pourtant postulé à une formation d'auxiliaire de vie sociale, pour un métier d'aide à domicile. J'ai réussi les tests de sélection qui comportaient un écrit et un oral et j'ai suivi ainsi ma première formation professionnelle ! Elle a duré une année avec un stage pratique dans une entreprise associative d'aide à domicile. J'ai réussi l'examen, à la fin de la formation, en 2003. Mais comme je n'avais pas de véhicule, je n'ai pas pu me faire recruter dans l'association où j'avais effectué mon stage professionnel.

Pour moi, cette formation a été très importante, apprendre était mon souhait et je n'avais pu le faire dans mon enfance. Même si, avec une santé délicate, il n'était pas aisé de me faire embaucher, je souhaitais parvenir à un parcours scolaire de niveau 4, auquel on accédait difficilement gratuitement. Je n'avais pas droit à une aide financière et mes ressources ne me permettaient pas de financer une formation : tout se paie, aussi j'avais peu de chance de pouvoir continuer mes études. Pourtant j'avais passé le CEP en 1985 en candidate libre, le BEPC série technologie en 1996, le Diplôme d'État d'auxiliaire de vie sociale (DEAVS) avec le Greta (une institution de formation pour adultes) en 2003, je voulais aller plus loin !

En 2004, je me suis donc présentée en candidate libre aux épreuves anticipées de français du baccalauréat technologique option Sciences médico-sociales (SMS), sans suivre de classe préparatoire. Mais je n'ai pas réussi à trouver un stage pratique pour l'option communication, et je ne suis pas allée au-delà des épreuves anticipées.

10

Les difficultés d'une enfant

Ma deuxième fille, Michèle, est entrée à la maternelle en grande section en 1985. Elle a redoublé l'année suivante à cause de son retard de langage et est entrée en cours préparatoire seulement à l'âge de huit ans. En avril 1988, nous avons déménagé à nouveau et elle a changé d'école. Ses difficultés ne lui ont pas permis de continuer un cycle normal. Elle a été orientée vers une classe de perfectionnement, puis elle a intégré, à douze ans, un établissement spécialisé de la section SEGPA, elle y est restée jusqu'en troisième. À quinze ans, elle a commencé un apprentissage en horticulture, mais l'employeur, qui n'avait pas compris ses difficultés, n'a pas voulu la garder. Je me souviens que lorsque j'ai accompagné ma fille à sa rentrée en

SEGPA, nous avons rencontré le directeur de l'établissement. Il a demandé à ma fille si elle avait des frères et sœurs, elle lui a répondu oui, deux sœurs, dont une encore en primaire. Il a alors dit que celle-ci la suivrait en SEGPA un ou deux ans plus tard. J'ai été très surprise d'entendre cette remarque et je lui ai répliqué que sa sœur ne rencontrait pas les mêmes difficultés.

Les solutions n'étaient pas très nombreuses pour qu'elle trouve une autre orientation. Avec son accord, j'ai choisi de lui faire intégrer une Maison familiale rurale (MFR). Elle y est entrée à seize ans, mais elle avait bien du mal, car le niveau enseigné ne lui correspondait pas. Pourtant elle s'y intéressait vraiment. Elle avait gardé des difficultés pour s'exprimer et souffrait de la méchanceté de certaines camarades. Elle a été attristée de ne pouvoir continuer dans cette voie, que nous avons cherchée ensemble et elle a réussi son CAP dans l'hôtellerie, après un rattrapage que l'Éducation nationale proposait pour offrir une deuxième chance. Son atout, c'était sa détermination à vouloir apprendre et réussir. Je n'ai pas demandé conseil, ou du moins très peu, pour des raisons bien personnelles : avec mon propre parcours d'échec scolaire pour cause d'indifférence à mon handicap, je ne pouvais plus faire confiance. Plus tard, ce sera son tour de se battre pour ses propres enfants.

11

Une rencontre décisive

Lors du 17 octobre 1996, j'ai fait la connaissance d'un mouvement de lutte contre la misère, ATD Quart Monde. J'avais reçu une invitation pour me rendre à la ville voisine voir une exposition sur une personne que je ne connaissais pas, le père Joseph Wresinski. Cette exposition m'a fait découvrir un homme, lui-même né dans la misère, qui voulait défendre cette grande cause, non pas seul, mais avec des familles issues de la grande pauvreté qui vivaient dans des igloos près de Paris. J'ai voulu en savoir plus sur sa vie, alors j'ai décidé d'aller aux réunions de ce qu'on appelle « l'Université populaire Quart Monde ».

Les Universités populaires Quart Monde sont des lieux de rencontre et de partage entre personnes de milieux différents dans un climat de respect et d'amitié. Il s'agit de créer des conditions de connaissance mutuelle et de prise de parole, pour être partenaires et pouvoir interpeller les responsables de la société. Le groupe de Chalon-sur-Saône se rendait les premiers vendredis soir du mois, à l'École des beaux-arts de Lyon. Nous préparions nos réunions plénières dans la salle d'une maison de quartier.

Le thème de la rencontre de janvier 1997, qui était l'école, me parlait beaucoup car les longues années d'expériences douloureuses de mon enfance me revenaient en mémoire. Me sentant concernée par ce thème, il fut logique que je m'implique. C'est à partir de ce moment-là que j'ai commencé à m'ouvrir aux autres. J'ai pris des engagements divers, afin de connaître mieux ce mouvement. Je me souviens ainsi de notre réunion du groupe local du 10 octobre 1997, dont j'ai précieusement gardé le compte rendu, cela aide à se souvenir lorsque les événements sont loin. Je participais d'ailleurs à la rédaction de ces comptes rendus avec une volontaire à la retraite, décédée il y a quelques années.

J'ai été sollicitée pour représenter notre groupe local lors d'une assemblée générale du Mouvement. Pourtant, à cette époque, parler en public m'inquiétait, j'avais encore en moi le souvenir de mauvaises expériences. Mais cela m'a aidée à reprendre confiance en moi et en la société, tout en restant sur mes gardes, la confiance ne m'aveugle pas !

Les récits de parcours difficiles et les témoignages de celles et ceux qui ont vécu la pauvreté sont nécessaires, indispensables pour arriver à faire tomber les préjugés et faire connaître la grande misère de ceux qui ne comptent pour personne. Et la prise de parole est salvatrice, surtout lorsque, comme moi, à cause d'un handicap, on a connu le silence. Même si tout ne peut pas se dire, cette prise de parole est une libération !

Remerciements

Je remercie toutes les personnes qui ont participé à la réalisation de ce livre, les éditions Quart Monde, Chloé, Catherine, Anne-Sophie, Emmanuelle, Aurélie, Alain, Amandine. Un grand merci à vous ! Je remercie aussi toutes les personnes qui m'ont encouragée, soutenue dans ce projet.

EN UN MOT

Déjà parus dans cette collection

Vivante et debout
Marie-Josiane Tiquao, 2021

Jahid, une course d'obstacles
Florence Gheorghin, 2020

De squat en squat, une bibliothèque de rue
Véronique Soulé, 2019

Un emploi, c'est mon droit
Véronique Soulé, 2018

La Petite Fille numéro 624
Colette Ter et Didier Williame, 2016

Sur le chemin de l'eau
Pascal Lallement et Liliane Larmoyer, 2016

Si loin, si proches...
Anne de Margerie, 2014

Chez Suzanne
Anne-Claire Lourd et Philippe Laidebeur, 2013

Le pactole
Gilles Warembourg, 2011

Je ne suis pas un escargot !
Marlène Jourdan, 2010

Naître en terre rouge
Amélie Kamony Rajaonarison, 2009

Abdou Karen Stornelli, 2008

Derrière les rideaux blancs
Hélène Monier, 2007

L'Épine sur les roses
Jean-Michel Defromont, 2006

Jour Désiré
Patricia Pitchee-Achille, 2006

Éva
Nathalie Gendre, 2005

Caroline Anne-Marie Toussaint, 2004

Germaine
Maryvonne Caillaux, 2002

Retrouvez ces titres, séparément ou regroupés dans un coffret, et l'ensemble des publications des Éditions Quart Monde sur notre site internet :

www.editionsquartmonde.org

Achevé d'imprimer par Corlet, 14110 Condé-en-Normandie
N° d'imprimeur : 21090499 - Dépôt légal : septembre 2021 — *Imprimé en France*